KB177154

그림 없는 동시집

씁쓰름새가 사는 마을

송창우

시인의 말

하느님은 외로웠습니다
할 수 없이
하느님 마음 닮은 친구를 만들었어요

꽃 하느님
풀 하느님
소 하느님

그리고 나서 하느님 모습을 닮은 친구를 만들었지요.
서령이 하느님
재경이 하느님
꽃풀소 하느님……

그래서

룰루랄라 하느님이 되었어요

그래서

가만히 아무것도 안 하시는 하느님이 되었지요

우리 서로가 하나 될 때까지,

우리 서로가 하느님이 될 때까지……

차 례

시인의 말

1부. 한

2부. 울

3부. 님

시인의 산문

꽃잎을
온데간데없이 떠나보낸
꽃과 나무에게

꽃과 나무와
하느님과 짝하며 지내는
온 세상의 꽃풀소에게……

1부. 한

씁쓰름새가 사는 마을

아침부터 "씁쓰름씁쓰름" 울어대는 씁쓰름새가 있었어. 울어대는 소리조차 씁쓰름이라니……. 마을 사람들은 씁쓰름하게 울어대는 씁쓰름새를 없앨 궁리만 하고 있었지. 어른들이 총을 쏘자 아이들도 돌팔매를 던지기 시작했지. 어느 날 허리가 접혀진 마을 할머니가 말했어. "씁쓰름새가 마을에서 떠나면 씁쓰름한 일만 일어날 거야." 그 말을 들은 마을 사람들은 자식 걱정, 농사 걱정, 장마 걱정, 온갖 일로 씁쓰름하기 시작했어. 그날부터 농사를 위해서, 자식을 위해서, 마을을 위해서, 아니 씁쓰름새를 위해서 정성을 다하기 시작했지. "씁쓰름새가 잘 사는 게 우리가 살길이라니 씁쓰름새가 좋아하는 벌레도 함부로 잡지

마라, 쏩쓰름새 둥지를 보살펴라. 쏩쓰름새 둥지가 있는 마을 숲을 조심스레 지켜라, 쏩쓰름새 울음소리에 늘 귀를 기울여라…….” 어느 날부터인가 마을에는 쏩쓰름한 일이 하나둘 날아가기 시작했어. 그 뒤로는 쏩쓰름쏩쓰름 우는 새소리가 그렇게 사랑스러울 수가 없었다나? 무더위에도 무서리에도 쏩쓰름쏩쓰름 울어대는 쏩쓰름새 덕에 쏩쓰름새도, 쏩쓰름 하던 마을 사람들도 살맛 나는 나날이라니! 귀 기울여 잘 들어 보렴, 너희 사는 마을에도 쏩쓰름새가 찾아오는지. 쏩쓰름쏩쓰름 울어대는 소리는 산 넘고 강 건너면, 가끔은 다르게 들릴 수도 있으니…….

꽃 모닝

현빈이가 엎드려 잔 것도
상규가 공을 찬 것도
미라가 껌 종이를 버린 것도
지영이가 민서를 툭 친 것도

간질거리는 입
밤새 꾹 참았다가
아침 향기로 외로움 뿜어내는
교실 구석 꽃병의 프리지아

미틈달 [*]

하느님,
이렇게 예쁜 가을을 어떻게 만드셨어요?

가을만 빼고
봄, 여름, 겨울을 온통 집어넣었지!

그럼,
나는요?

세상 모두를 싹 쓸어 모았지
하나도 빠짐없이, 널 만들려고

*미틈달: 가을과 겨울 틈 사이의 11월

꽃풀소[*]

꽃향기가 좋아
풀 향기가 좋아
코뿔소가 되었어

커다란 외뿔도
튼튼한 갑옷도
꽃과 풀만
좋아하는 까닭이라니

*꽃풀소: '동물해방물결'에서 돌보는 소들의 보금자리

개털

낙엽 뒹구는 마당
백구가 털갈이한다
감나무 아래
바람에 날리는 털 털 털⋯⋯

작은 새 한 마리
털
털
털
바삐 물어간다

하얀 솜이불에
올겨울 그 집,
참 포근하겠다

우리 집 하느님

마야족 하느님은
옥수수 알갱이래

씨앗 하나가
수백 개 알이 되니까

씨앗 한 알이
온 식구를 먹여 살리니까

옥수수 한 알이
온 부족을 춤추게 하니까

볍씨, 배추씨, 참깨씨, 시금치씨……

그리운 길례 씨,

우리 엄마!

사과나무

사과 한 알에
씨가 몇 개일까?

씨앗 하나에
사과가 몇 개 들었을까?

꽃 가슴

꽃에도
가슴이 있어요

그래서
한 잎
두 잎
아프기도 하지요

꽃에도
상처가 있어요

그래서
한 잎
두 잎
갈라지기도 하지요

개불알풀꽃

개불알풀꽃은
꽃씨가 개불알을 닮아서
개불알풀꽃이고

개불알꽃은
꽃이 개불알을 닮아서
개불알꽃이고

개불알꽃 친구는
노랑개불알꽃도 있고
털개불알꽃도 있고

개불알풀꽃 친구인
큰개불알풀꽃은 꽃잎이 작고

선개불알풀꽃은 서서 자라고

내 동생처럼 기어다니며 누워서만 살아가는
눈개불알풀꽃은 희멀건 보랏빛 웃음도 어여
쁘기만 하고

참꽃마리

꽃마리는 줄기 하나에
꽃을 줄줄이 말아 놓았어요

눈물 한 방울에
꽃 한 송이 내놓고
웃음 한 조각에
또 한 송이 내놓고

줄기 하나에
딱 한 송이 매달린
참꽃마리는

한 송이 꽃으로
눈물도 웃음도
모두 대신하고요

굴뚝

굴뚝은
겨울을 기다렸어요

하얀 연기가
온몸을 훑고 지나가기를

봄에도
여름에도
가을에도

외로운 날들을
기다렸지요

이제는
춥지 않아요

땅멀미

오랜만에 차 타면 차멀미하고
오랜만에 배 타면 뱃멀미하는데

굴뚝으로 옥상으로 사람들 자꾸만
꼭대기로 올라가 소리쳐 불러도
이따금 하늘 아래 내려도 안 보시나

어쩌다 오셔도 땅멀미 안 하시게
가끔은 낮은 곳 이 땅에도
하느님 잠깐만 내려오셨으면

탈

처음에는
모두가 하느님이었다

만나는 것마다
하느님이어서

탈을 씌워서
세상을 다시 만드셨다

늑대의 탈을 쓴 하느님
양의 탈을 쓴 하느님

멀구슬나무 탈을 쓴 하느님
꽃개미취 탈을 쓴 하느님

발전소

물을 많이 받아놓으면 발전소다
태양을 뜨겁게 받으면 발전소다
바람을 세게 받으면 발전소다
상처를 많이 받으면 발전소다

옴마, 하느님

키가 작달막해서
허리가 굽어져서
중심이 흔들려서
걸음이 힘들어서
한글이 서툴러서

한숨을 쉴 새가 없어서
웃을 새도 없어서

옴마니밧메훔,
나의 하느님이 되었네

대추

땡볕 먹고 땡그랗게
불볕 먹고 불그랗게
야물야물 여물다가

주름살 깊어져도
붉은 때깔 여전해

연필

하느님이 태초에
연필을 만드셨다

자음과 모음을 붙들어 매고
밤낮없이 공책에 써내려갔다

빛이 있으라
산이 있으라, 강이 있으라……

말씀마다 이루어지니
지우개도 탄성을 질렀다

시

별님 바라보며
한 글자

달님 바라보며
한 글자

낮에 놀다간 찬바람에
한 글자

새벽이슬에 눈물 바람으로
또 한 글자

시들시들 떨어지면서도
점자처럼 꼭꼭 눌러쓴

꽃 속에 여문 까만
꽃의 시

2부. 울

모과

연둣빛 이파리가
그렇게 아름다웠지

연분홍 꽃잎이
그렇게도 고왔지

은근 슬쩍 꽃내음
그렇게나 향기로웠지

그런데 지금 네 모습
모나고 검버섯 피고

왜 이리도 마냥 좋은 거지?

점순이

이마에 난 점
그 점이 좋아

콧날에 비켜선 점
그 점 때문에 더 좋아

눈썹 언저리에 봉긋 솟은 점
그 점 때문에 네가 점점 더 좋아

우산

비가 오면
네 손을 잡아주마

바람이 불어도
놓지 않으마

눈이 와도
네 손을 잡아주마

콩밭 매는 하느님

쇠비름아 미안해

메주콩 많이 먹고

네 몫까지 세상을

짙푸르게 해볼게

바랭이야 미안해

콩나물콩 많이 먹고

네 몫까지 세상을

튼튼하게 해볼게

개여뀌야 미안해

서리태콩 많이 먹고

네 몫까지 세상을

씩씩하게 해볼게

꿀밤나무

다람쥐 도토리 애써 모았어
까막까막 겨울 지나다

다람쥐 엉엉 우는 소리에 깨어난 도토리
떡갈나무가 되었대
다람쥐 씩씩거리는 소리에 깨어난 도토리
굴참나무가 되었대
다람쥐 동동거리는 소리에 깨어난 도토리
갈참나무가 되었대
다람쥐 배곯는 소리에 깨어난 도토리
졸참나무가 되었대
다람쥐 속 타는 소리에 깨어난 도토리
신갈나무가 되었대
다람쥐 한숨 소리에 깨어난 도토리
상수리나무가 되었대

다람쥐야

다람쥐야

참나무숲 올 적마다

꿀밤나무 아래서

네 생각만은 까먹지 않을게

귓속말

개미 기어가는 소리
너무 작아서 못 듣고

지구 돌아가는 소리
너무 커서 못 듣는데

누구한테 귓속말만 하시기에
하느님 소리 깜깜소식일까?

참깨 심는 하느님

할머니가 텃밭에 앉아
엉덩이 끌고 다닌다

지팡이로 구멍 내고 참깨 몇 알 떨어뜨리면
나는 게걸음하며 흙을 덮고 다독거린다

"아가, 가실이면 꼬투리마다 금가루가 그득할
게야.
에미랑 털러 오그라?"

가만 들여다보니 캄캄한 구멍 속
금 부스러기로 환하다

하느님 닮아서

달님도 둥글고
별님도 둥글고
우리 사는 지구도 둥글둥글
하느님이 만드신 건 다 둥근가 봐

땅도 둥글고
하늘도 둥글고
보름달처럼 둥실둥실한
승현이 마음씨도 둥글둥글
하느님이 지으신 건 다 둥근가 봐

볍씨도 둥글고
꽃씨도 둥글고
빗방울도 둥글고
아름이 언니 눈물방울도 둥글둥글

하느님 닮은 건 다 둥근가 봐

첫눈

첫눈은
어디로 가야할지
망설이지 않아요

어디를 가든지
모두들 간절히
기다리고 있으니

첫눈은
누구를 만나야 할지
걱정하지 않아요

누구를 만나든지
가슴에 껴안아 줄
다짐하고 떠나니

봄날

푸른부전나비가
노란 괭이밥꽃에 앉는다

작고 여윈
마른 풀잎에 앉다가

종지나물에 앉다가
돌멩이 위에 앉는다

내가 늘 밟고 다니는 것에
입맞춤한다

터트리다

씨앗은 신의 손바닥
검은 흙을 비비고 비벼서
꽃망울을 터트려

바람은 신의 혓바닥
구름을 불리고 부풀려
빗방울을 터트려

초록은 신의 발바닥
여름을 달리고 달려서
불타는 단풍을 터트려

바람 부는 까닭

개개비가 아침마다 신나는 것은
꽃바람이 예쁜 얼굴
어루만져 주니까

강아지풀이 한낮에도 귀여운 것은
강바람이 고운 얼굴
씻어 주니까

봄까치꽃이 별밤에도 씩씩한 것은
신바람이 야윈 얼굴
감싸 주니까

할매 배꼽

배꽃 같은 엄마 배꼽에서 내가 나왔다는데
아무래도 믿어지지 않는다

감꽃 같은 할매 배꼽에서 아빠가 나왔다는데
아무래도 믿기지가 않는다

배꽃이 떨어진 꽃자리에 배가 달리고
감꽃이 떨어진 꽃자리에 감이 달리고

자꾸만 먹음직하니
커가는 걸 보면……

제초제

구리구리구리구리구리 개구리다
고리고리고리고리고리 개고리다

밤마다 목청 떨며 개구리들이
하던 말

나는 개-구리다
나는 개-고리다

똥바다

닭장에서 나온 똥은 마늘 고랑으로 가고
돼지막에서 나온 똥은 고추밭으로 가고
외양간에서 나온 똥은 텃논으로 갔는데

닭공장에서 나온 똥
돼지공장에서 나온 똥
소공장에서 나온 똥

그 많은 똥은 어디로 흘러갔을까?

할매랑 걷는 밤길

저 달은 우리 아들 것
저 별은 우리 딸내미 것

머슴둘레 꽃은 이 할미 것
남지기는 모다 우리 강아지 것

꿈꾸는 씨앗

깜깜한 재 속
불씨가 될래요
가슴 따뜻하게 덥히는

겨울 지나는
꽃씨가 될래요
뜨락 환하게 밝히는

손마디 굳은살 박인
솜씨가 될래요
가슴 촉촉이 적시는

칼끝으로 새기는
글씨가 될래요
눈시울 붉어지는

서령이

서령이처럼 예쁜 사람
본 적이 없다

정말요?

그럼,
서령이처럼 예쁜 사람은
세상에서 딱,
하나임!

3부. 님

책상 서랍 겨울 꽃씨

나
흔들려도 괜찮아
내 안에 있는
너랑
함께 춤추는 거니까

나
외로워도 괜찮아
내 안에 있는
너랑
함께 부르는 노래 있으니

나
눈물 나도 괜찮아

내 안에 있는

너랑

향기로운 꽃송이로 피어나리니

나

눈감아도 좋아

내 안에 있는

너랑

다시 태어나려 잠시 머문 세상이니

기적놀이

내가 좋아하는 기남이가
나를 좋아한다면
기적입니다

내가 좋아하는 기남이가
나를 사랑한다면
기적입니다

내가 사랑하는 기남이가
나를 좋아한다면
기적입니다

내가 사랑하는 기남이가
나를 사랑한다면
기적입니다

고래와 검은등뻐꾸기

바다 속에 사는 고래는
기린을
부러워하지 않는다

단 한 번도
본 적 없을 테니까

목소리도 아름다운
검은등뻐꾸기는
하느님을 찾지 않는다

부탁할 게
아무것도 없을 테니까

단풍꽃

잎이 꽃으로
변하는 마술

가을 마술사는
어디 숨어 있는 거야?

너만 보면 붉게
달아오르는 내 볼

낙하산 타는 하느님

빗방울은
맨몸으로 떨어진다

순식간에
착, 내려앉는다

만세,
꽃이 화들짝
반긴다

살구나무 하느님

꽃 필 때 보세요
여기를 보세요

꽃 질 때도 보세요
여기를 보세요

잎 떨어질 때도
여기를 보세요

무슨 일이 있어도
나, 살구 보세요

하느님 소원

귀 꽉 막고
살지 않고

입 꼭 다물고
살지 않고

눈 딱 감지
않아도 되는

날 찾지 않는
세상이 온다면

딱, 하루만이라도
얼마나 좋을까

꽃씨 편지

봄이 예쁜데
여름도 참 예뻐요

가을이 예쁜데
겨울도 참 예뻐요

고맙다고 예쁘다고
편지를 부치려고

철마다 고르는
편지지가 참 예뻐요

하느님 조심하세요

다급한 기도 소리에
급하게 내려가지 마세요
십자가 뾰족탑에 찔릴지 몰라요

부처님 조심하세요
백팔배 삼천배 받느라
엉덩이 짓무를지 몰라요

엄마 생각

한 송이 꽃이 되고 싶어요
향긋하고 달큼한
엄니가 따 주시던 참꽃 한 송이 되고 파요

한 무더기 나물이 되고 싶어요
깊은 산, 나무 그늘서 몰래몰래 자라다
쌉싸래한 맛으로 입 안 채우는
엄니가 먹여주던 참취 한 움큼 되고 파요

한 마리 새가 되고 싶어요
집 타령 양식 타령 군말 없이
욕심 없는 노래 그치지 않는 작은 새
엄니가 좋아하던 참새 한 마리 되고 파요

기름이 되고 싶어요

빈 뱃속에 깨소금 향

눈물 한 방울 미끄러지듯 타 흐르는

엄니가 맛보여준 참기름 한 방울 되고 파요

한 마리 게가 되고 싶어요

누가 뭐라 해도 옆으로 옆으로만

꿈에라도 기어기어 다가가서

엄니 곁에 붙어사는 참게 한 마리 되고 파요

낙타의 울음

민들레는
엄마 곁이 싫었습니다
형제자매가 촘촘히 끼어 살아야 하는
엄마 곁이 싫었습니다
훨훨 날아서 옥탑방 난간에 홀로 둥지를 틀고
서야 알았습니다
그때 오밀조밀 엄마 곁이
행복했다는 것을

고양이는
들판이 싫었습니다
여기저기 돌아다니며 먹을 것을
찾아다니는 길고양이가 싫었습니다
편안한 집고양이가 되어서야 알았습니다

엄마랑 누나랑 마음껏 들판을 활개 치던 일이
행복했다는 것을

낙타는
사막이 싫었습니다
모래바람이 부는 곳을 짐을 얹고 끝없이 떠도는
목 타는 사막이 싫었습니다
동물원에서 사람들의 관심을 받고 나서 알았습
니다
자신을 주눅들게 했던 망망대해 사막이
진짜로 행복했다는 것을

누워계시는 하느님

나무부처도 오래 가고
금부처도 오래 가지만
돌부처님은 누워서도

불난리가 나도
물난리가 나도
천 년 만 년 끄떡없이
절간을 지키신다

모두가 웃자고 한 일

청설모가 도토리 곳간을 까먹고 왔다 갔다 하
는 일
자벌레가 허리를 접었다 폈다 눈이 동그래지
는 일
콩벌레가 건들면 또르르르 공처럼 몸을 마는
일

그런 하느님도 실수한 게 있다네
정말 재미지게 웃어보자고
사람 탈 쓰고 털썩,
세상에 내려온 일

업어주기

하늘은
구름을 업어주고

가을은
겨울을 업어주고

나뭇잎은
맨땅을 업어주고

달님도 별님을
밤새며 업고 놀고

눈송이는 들판을 업어주러
한없이 달리고 달리고

나무의 나이

나무는 키가 커도
우쭐대지 않아요

나무는 몸무게가 불어도
휘청대지 않아요

나무는 뿌리가 깊어도
드러내지 않아요

나무는 세월이 흘러도
나이를 쌓아두지 않아요

나무는 나이 먹은 테를
드러내지 않아요

성탄절

비 내리니
부처님 발바닥 차갑고

눈 내리니
예수님 십자가도 차갑고

비 오고 눈 내려도
언제나 따뜻한 건
우리 강아지 발바닥이네

주름진 이야기

주름이 많을수록
꽃잎은 아름답고

주름이 깊을수록
배춧속은 따뜻하고

주름이 거칠수록
할아버지 옛이야기 눈물겹고

개똥지빠귀

개똥처럼 순해서
골목마다 개똥이가 많았는데

개똥처럼 흔해서
고샅마다 개똥지빠귀가 많았는데

바람꽃 하느님

나도바람꽃이 말했어요
"너도바람꽃이구나!"

너도밤나무가 말했어요
"나도밤나무구나!"

교실에 앉은 들꽃

꺾을까 말까?
개여뀌야 미안해,
한 줄기만

솎을까 말까?
물억새야 미안해,
한 움큼만

뽑을까 말까?
쑥부쟁이야 미안해,
한 아름만

만경강둑 등굣길
들꽃도둑 가슴은
콩닥콩 콩닥콩닥

하루살이 하느님

하루 종일
공부하라는 소리

하루 종일
놀아도 된다는 소리

그런 소리 하면
안 되는 거 알지?

딱, 하루만이라도
사랑하기 바쁜 몸이야

지리산 누이 태봉이네

생의 여울목 에돌다 그곳에 가거든
당신 이름이나 나직이 되뇌어 보는 게
한 줄 소원이었어요

가만히 걸음을 따라 걷고
소리 없이 춤사위 따라 하고
끓는 찻잎의 노래를 듣고 싶었지요

어쩌면 좋을까요
당신 품에 안기기도 전에
당신을 끌어안기도 전에
지리산 언니네 소굴에 닿기도 전에

고들빼기지에 넋을 잃고
콩잎장아찌에 취해서

애타게 기다리는 천왕봉 아랑곳없이

마천 한길 태봉이네 집에서

 노자근하니 밥이나 먹다 돌아서는 지리산행

이라니요

시인의 산문

바비다구기다 나라 버비다도니다 나라

밥이 다스리는 나라가 있었습니다. 뭐든지 밥으로 해결하는 나라이지요. 슬픈 일이 있으면 데려다 밥을 먹입니다. 기쁜 일에는 두말할 것이 없겠지요? 어떤 일이든 무조건 밥으로 만사를 따지고 풀어나갑니다. 그야말로 지지고 볶는 걸 모두 다 밥 먹는 걸로 다스리지 뭡니까. 그래서 그 나라 아침 인사는, "밥 드셨어요?"랍니다. 물론 점심 인사도, "밥 드셨어요?"이고요, 저녁에도 "Good Night!" 대신에 "Good Bab!"이랍니다. 어쩌다 사랑의 결실을 보게 되면 모든 사람이 산에 들에 나물을 뜯어 온갖 나물무침으로 축제를 연답니다. 어쩌다 싸운 사람이 있으면 삼신할머니께 허락을 받고 숲에서 산짐승 한 마리를 잡아다가 온 마을 사람들이 이틀이고 사흘 밤낮이고 화해

할 때까지 음식을 나눠 먹는답니다. 기쁜 일이나 슬픈 일이 생기면 서로 하나가 되어 밥을 해 먹다 보니, 네 기쁨은 내 기쁨이요, 네 슬픔은 내 슬픔으로 다가왔지요. 기쁜 일이 오면 온 마을 사람들이 서로 모여서 밥을 짓다 보니 기쁨은 배가 되고, 슬픈 일이 닥쳐와도 온 마을 사람들이 달려들어 밥을 나눠 먹으니 슬픔은 줄고 줄어서 기쁨으로 바뀌고 말지 않겠어요? 모여서 밥 먹는 일이 사는 재미가 되다 보니, 이 나라 사람들에겐 밥이 법보다 소중했답니다. 그러니 이 나라 사람들은 온통 먹거리를 만들어 내는 데만 정신이 팔리지 않겠어요? 오로지 농사짓는 일만이 최고로 중한 일이 된 거지요. 그러다 보니 이 나라 사람들 생각은 온통 먹을거리뿐이랍니다. 먹을거리에 부정이 타면 안 되니 왜 씨앗 하나부터 시작해서 가을걷이 갈무리까지 애오라지 정성을 쏟아가며 밥 한 그릇을 지어야 하는지 온 몸으로 깨우친 거지요. 하다못해 씨앗이 자라는 들판이며 도토리가 열리는 굴참나무 숲속에도 함부로 들어가지 않으며 지극정성으로 애지중지하며 살게 되었지요. 무슨 일이든 그야말로 밥 한 그릇, 국 한 그릇만 있으면 만사형통인 나라가 되었지요. 이 나라 이름은 '바비다구기다'였어요. 따뜻한 밥 한 그릇, 정성이 담긴 국 한 그릇이 사람을 살린다는 뜻 아니겠어요? 여름에는 팥빙수처럼 시원하고, 겨울에는 새알팥죽처럼 따끈하게 사는 사람들은 세상 부러울 게 없었답니다. 하지만 "버비다도니다"라는 이웃나라에서는 싸움이 끊이지 않았답니다.

'바비다구기다' 이웃나라에는 '버비다도니다' 라는 나라가 있었어요. 밥 한 그릇, 국 한 그릇만 있으면 걱정근심이 모두 사라지는 '바비다구기다' 나라와는 달리, 무엇이든지 법으로만 해결하려는 '버비다도니다' 나라에서는 콩알만 한 일도 법으로 따지고 눈곱만 한 사건도 모두가 법을 들이대며 이웃끼리 친척끼리도 으르렁거리며 살았지요. 가끔 한솥밥을 먹는 식구끼리도 법을 내세우며 싸우기도 했겠지요? 그러다 보니 '버비다도니다' 사람들은 집집마다 법을 담아놓은 두꺼운 육법전서가 없는 집이 없었답니다. 아예 자식이 태어나면 그 자식 이름을 짓기 전에 내 자식이 다른 사람한테 손해를 보면 안 되는 일이나, 피해를 입으면 안 되는 일을 꼼꼼히 적은 법을 만들어놓은 다음에야 자식 이름을 지어주었답니다. 아기가 태어나면 법이 하나씩 늘어나는 셈이죠. 그래서 유치원 때부터 법을 공부하지 않으면 작은 이익도 건질 수 없다는 불안감에 떨어야 했지요. 심지어는 꽃향기까지 팔아먹고, 숲속의 나무열매까지 소유권을 들이대고, 돈이 되는 것이라면 동물들 똥오줌까지 돈 계산을 하다 보니 꽃들에게도 나무들에게도, 아니 동물한테까지 법을 만들어 붙이게 되고 말았어요. 채송화법, 꽃잔디법, 닥나무법, 굴참나무법, 바퀴벌레법, 얼룩소법, 멧돼지법…… 법을 많이 공부하여 새로운 법을 과학인 듯이 발명한 사람들은 나중에는 특별법이라는 이름으로 물도 팔아먹고, 길도 팔아먹고, 공기도 팔아먹고, 심지어는 아침햇살이며 저녁노을까지 법을 붙여 세금이란 명목으로 팔아먹게 되었답니다. 법이 쌀이 되고, 법이 돈이 되고, 법이면 모든 것을 해결해 주었던 '버비다도니다' 사람들에게 어느 날부터인지, 법은 돌림병보다 무섭고 두려운 존재가 되고 말았지요. 꽃향기를 맡는 데도, 물 한 모금을 떠먹는 데도, 봄햇살을 쬐는 데도, 때론 한숨을 쉬는 것조차 어느 법에 적용되는지 몰라서 벌벌 떨고 사는 사람들이 되고 말았다나요?

이런 있으나마나한 나라에서 어쩔 수 없이 있으나마나한 사람을 왕으로 뽑기로 했습니다. 처음부터 그런 것은 아니었지요. 없으면 안 되는, 꼭 필요한 사람만이 왕이 될 수 있었지요. 병이 든 사람을 고쳐주는 유명한 의사, 모르는 것이 없어 세상 이치를 다 아는 이름 높은 학자, 도둑을 잘 잡는 지혜로운 나리, 땅을 어마어마하게 가진 부자, 돈을 무지무지 많이 버는 장사꾼, 말을 잘하는 정치꾼이 왕이 되기도 했고, 어느 해는 말을 잘 타는 사람이 왕이 되기도 하고, 밥을 많이 먹는 사람이 왕이 되는 것은 물론이고 싸움을 잘하는 싸움꾼이 왕이 되기도 했답니다. 그 다음 해는 싸움을 잘 말리는 사람이 왕이 된 적도 있었지요. 하지만 그런 사람이 왕이 될 적마다 백성들은 이내 한숨을 쉬고, 뽑은 왕을 원망하며 후회하고 말았어요. 병을 고쳐주어 왕이 된 사람은 신비한 의술을 뽐내려고 전염병이 돌아도 모른 체하다가 급박한 순간에 손을 써서 자신의 이름을 높였답니다. 그러나 많은 사람들은 이미 죽고 말았지요. 높은 학자가 왕이 되고 나서는 백성들은 어찌나 공부에 시달렸는지 농사도 못 지을 지경에 빠져 원망이 그칠 날이 없었지요. 도둑 잡는 재미에 빠진 나리님이 왕이 되고 나자,

애먼 사람들도 도둑으로 몰려서 백성들은 이웃까지 의심하며 서로를 믿지 못하는 세상을 살게 되었어요. 땅을 많이 가진 왕은 더 많은 땅을 넓히려고 전쟁을 끊임없이 일으켜 백성들은 벌벌 떨게 되었지요. 장사꾼이 왕이 되던 해는 먹을 양식까지도 싹쓸이를 해가면서 남는 장사를 하다 보니 백성들은 제사상에 올려놓을 음식도 구하지 못해 쩔쩔 매기도 했답니다. 말 잘하는 사람이 왕이 되어서는 백성들을 그럴 듯한 말로 속이는 바람에 믿을 수 없는 세상이 되었고, 싸움꾼이 왕이 되었을 때는 온 나라가 싸움대회로 거칠어졌으며, 말 잘 타는 사람이 왕이 되던 해는 천리마를 구하느라 백성들은 입에 풀칠하기도 버거웠으며, 밥을 많이 먹는 왕은 고기반찬이 없다며 소나 돼지를 빨리 자라게 키우라며 성화를 내는 바람에 가축들 비명만큼 백성들 탄식도 하늘을 흔들었답니다. 싸움을 잘 말리는 왕은 툭하면 싸움을 일으켜 싸움구경하는 재미로 살아서 백성들

분통이 이만저만이 아니었지요. 이렇게 없으면 안 되는 것에 이골이 난 이 나라 백성들은 더 이상 참을 수 없어서 있으나마나 한 사람을 왕으로 뽑지 않았겠어요? 아무짝에도 쓸모가 없을 것 같은 있으나마나한 사람이야말로 아무 신경을 쓰지 않아도 되어서 백성들은 자기 하고 싶은 일을 마음껏 해도 되었지요. 새들이 나무에 무심히 앉듯이, 구름이 바람을 아무 거리낌 없이 마중하듯이, 부자가 가난뱅이를 신경 쓰지 않듯이⋯⋯. 그 뒤로는, 없으면 안 될 듯한 왕들의 숙제를 하느라 밤새워 고통스럽던 백성들은, 있으나마나한 왕이 다스리는 평화로운 나라에서, 하나마나한 이야기로 밤새워 축제를 즐기는 삶을 맘껏 누렸다나요?

그 나라에서는 모든 게 공짜였어요. 먹는 것도 공짜, 마시는 것도 공짜, 사는 집도 공짜, 가지고 노는 것도 공짜, 입는 옷도 공짜였어요. 배우는 것도 공짜, 가르치는 것도 공짜,

심지어는 웃음도 눈물까지도 서로 맘껏 나누며 공짜로 주고받았답니다. 모두가 공짜이다 보니 먹기 위해서 다투고, 마시기 위해서 싸우고, 집을 차지하기 위해서 경쟁을 할 일이 없었지요. 눈물대신 웃음을 차지하려고 전쟁을 벌일 일도 물론 없었고요. 그런데 이 나라에서는 딱 한 가지, 지켜야 할 게 있었답니다. 먹을거리보다 눌 거리를 더 소중하게 여기는 거였어요. 먹는 밥보다 누는 똥이 소중하고, 마실 물보다 눌 오줌을 소중히 여겨야한답니다. 그러니까 똥 누기랑, 오줌 누기가 최고 중요한 일이 되었지요. 하늘이 누운 똥을 땅이 먹어야 하고, 바람이 누운 오줌을 구름이 마셔야 하고, 지렁이가 누운 똥을 풀이 먹어야 하고, 풀이 누운 오줌을 나무가 마셔야 하고, 나무가 누운 열매 같은 똥과 수액 같은 오줌은 사람들이 먹어야만 했으니까요. 내가 먹는 밥 한 그릇은 남이 싸놓은 소중한 똥이고, 내가 누운 오줌은 남이 마셔야 할 귀한 물 한 잔이 된다는, 다른 생명의 똥 덩어리가 내 눈앞에서는 생명의 양식이 된다는, 놀라운 진실을 알았으니까요. 그러다 보니 모두가 한 식구처럼 살았지요. 배고프면 밥을 함께 먹고, 목마르면 함께 물을 마시고, 누가 웃으면 따라 웃고, 누군가가 울면 함께 따라 울면서 식구가 되었어요. 그러나 똥 누고 오줌 누는 일은 너무너무 중요한 일이라 남이 볼세라, 남 눈에 띌세라 몰래몰래 숨어서 조심조심 따로따로 한다지요? 한 점도, 한 방울도 허투루지 않게요.

이제 좀 살만한 세상이 왔다 싶었는데, 어느 날 바닷가 외딴 마을에 하느님이 오셨다는 소식에 마을이 온통 북적거렸어요. 하느님은 머리가 너무 아파 잠시 쉬러 오셨지만 마을 사람들은 모처럼 오신 하느님을 가만 놔두지 않았지요. "하느님, 오신 김에 우리들 중에 누가 제일 예쁜지 칭찬해주실래요?" 이때, 하느님 발아래서 잔잔한 물결 같은 목소리가 들려왔어요. "하느님, 세상에서 이렇게 아름다운 무늬를 보셨나요? 밀물과 썰물이 밤낮으로 제 몸에 새겨놓은 타투를 보세요. 저도 제 모습에 반해서 눈물을 흘리지만 파도가 늘 닦아주지요. 하루도 같은 무늬인 적이 없지요. 날마다 새롭게 새겨 넣은 정성을 모르진 않겠죠?" 그러자 고둥이 손나팔을 하며 말했어요. "하느님, 제 발자국 좀 보세요. 개펄을 캔버스 삼아서 그려놓은 섬세하게 찍어놓은 발자국 문양이 한 폭의 예술작품 같지 않나요? 농게와 짱뚱어와 물새가 도와준 신기한 발자국 무늬는 개펄을 최고로 아름답게 장식하는 마무리 작업이죠. 그때 서쪽 하늘에서 뱃고동처럼 울리는 소리가 있었어요. "하느님, 하느님이 오신다는 소식에 오늘따라 제 얼굴이 온통 붉게 달아올랐어요. 그렇다고 저를 몰라보는 건 아니죠? 사실, 하느님도 오늘따라 너무 세상사가 힘들어 저를 보러 잠깐 쉬러 여기까지 오셨잖아요? 이제 곧 저도 집으로 돌아가야 하니 맘

껏 저를 바라보시고 힘내셔야 해요." 하느님
이 손을 들어 저녁놀에게 반가운 미소를 지었
어요. 하지만 이내 한 곳을 지긋이 바라보더니
하느님 눈이 왕방울만 해지셨어요. "애들아,
이게 무슨 자국인 줄 아니?" "섬마을 초롱이
네 할머니가 다녀간 길 아녜요?" "그래, 너희
들처럼 개펄을 마당삼아 밖에 나와 놀지도 못
하고 집에 누워만 지내는 손녀딸을 위해 뻘배
를 밀고 간 초롱 할머니 발자국이란다. 세상에
서 가장 성스러운 일은 세 끼 밥 먹는 일이야.
밥 한 끼를 위해서 개펄을 기어 다니는 할머니
발자국보다 더 아름다운 게 어디 있겠니?" 모
두들 고개를 끄덕일 때, 파도가 갯바위를 힘차
게 솟아오르며 맞장구를 쳤지요.

이렇게 도란대는 얘기 소리를 듣고 이웃나라
에서 혁명을 꿈꾸는 사람들이 달려왔어요. 쓸
데없는 이야기로 세상이 이렇게 살맛이 없으
면 안 된다는 거였죠. 세상을 확 바꿔 줄 누군

가가 필요했거든요. 내로라하는 혁명가들이 이곳저곳에서 모여들었어요. 너무 많은 사람들이 모여서 대장을 뽑아야했어요. 이번에는 부처님이 나서서 대장을 뽑기로 했어요. 절간마다 부르는 소리에 부처님 엉덩이 붙일 새도 없었지만 세상을 구원할 대장을 뽑는다기에 어쩔 수 없이 불려 나오신 거죠. 대장이 되기 위한 미션은 1분 안에 할 수 있는 일이었어요. 여기저기서 아우성치며 부처님께 자신의 능력을 쏟아놨지요. 저는 1분 안에 눈을 구백구십 번을 깜빡일 수 있어요. 부처님은 깜짝 놀랐어요. 저는 1분 안에 시오리를 갈 수 있어요. 이번에는 부처님 눈이 휘둥그레졌지요. 저는 1분 안에 살구나무 묘목을 삼백 그루나 심어요. 부처님은 믿을 수가 없었지요. 심지어는 1분이면 화살을 오백예순 개나 쏜다는 사냥꾼도 나와서 하마터면 부처님은 뒤로 넘어질 뻔했답니다. 하지만 그날의 대장 혁명가는 조아라 씨였답니다. 다섯 살 먹은 어린 조아라는 부처님 앞에서 그랬답니다. "저는 1분이면 제 앞의 것을 좋아하는 데 충분해요. 벌써 부처님도 좋아하게 되었어요." 조아라가 가는 곳마다 사람도 동물도 나무도 돌멩이들도 서로 좋아하다 보니, 옳고 그름도 없고, 잘남도 못남도 사라지고, 하느님도 부처님도 구분하지 않으며 함께 춤추며 살게 되었으니까요.

송창우 동시집

씁쓰름새가 사는 마을

————

2024년 04월 27일 초판1쇄 발행
지은이 송창우 **펴낸이** 김성민 **기획위원** 장옥관 임수현 **편집디자인** 김경자

펴낸곳 도서출판 브로콜리숲 **출판등록** 제2020-000004호
주소 41743 대구광역시 서구 북비산로 65길 36, 2층 **전화** 010-2505-6996 **팩스** 053-581-6997
홈페이지 www.broccoliwood.com **인스타그램** broccoliwood_ **전자우편** gwangin@hanmail.net

＊본 도서는 (재)전북특별자치도문화관광재단 2024년 지역문화예술육성지원사업에
  선정되어 보조금을 지원 받은 사업입니다.